U0068072

真情流露

明士心、汶莎、765334　合著

Family Sky　天空數位圖書出版

目　錄

明 士 心

目　錄

汶莎

目錄

765334

問世間情爲何物

文：明士心

/真情流露/

　　巴西人天性熱情奔放，對愛情的追求從來不懼怕世俗眼光，遙距呼應唐代詩人羅隱的「今朝有酒今朝醉，明日愁來明日愁」。今年巴西足壇先四個月喜事接二連三，對沖全球大瘟疫肆虐，Neymar 母親戀上比自己年輕 30 年的小鮮肉，綠巨人 Hulk 與前妻姪女成婚！

　　果然有其母必有其子，巴西王牌 Neymar 不羈風流，52 歲的母親 Nadine Goncalves 亦不甘示弱，2016 年與兒子父親離婚，最近公開一段忘年戀，新歡是 22 歲的模特兒 Tiago Ramos。換句話說，今年 28 歲的巴黎聖日耳曼前鋒 Neymar，未來「後父」可能比自己更年輕。愛是最大權力，每個人都有權追求個人幸福，不必在乎其他人的想法，問題是此小子的過去和背景耐人尋味，是謎一樣的男子，令人摸不著頭腦。

　　事情由頭說起，Nadine 公開與 Tiago 的戀情，幸福滿臉，留言「生活是無法解釋」，附加了一個「心心」圖案。然而，小戀人既高大威猛，身材健碩，也擁有多重身分，巴西傳媒多方消息認定，他是雙性戀者。首先，他本身是電競選手，也是兼職模特兒，也踢過巴西丙組聯賽。

　　Tiago 曾經效力 Ferroviario de Fortaleza，然後加盟西班牙小球會 Sportivo Villafranca，前教練 José Manuel Cisneros 對他印象麻麻：「他的身體質素不俗，可惜技術慘不忍睹，而且之前曾同 40 多歲的女性拍拖。」上賽季，他在西班牙聯賽沒能獲得長期合同，總教練 José Enrique Pineda 說：「他是沉默寡言的男生，他的私人問題影響了狀態，在一課操練後說走就走。」

　　這段忘年戀目前已轉移到巴西娛樂版，當地狗仔隊發現「真相」駭人聽聞，24 歲男按摩師 Hans Madrid 透露，曾與 Tiago 和 32 歲商人丈夫展開三角戀，關係混亂。同時，巴西牛郎 Irinaldo Oliver 證實，曾跟 Tiago 有過霧水情緣，「他是雙性戀，喜歡年紀較大的女人，他是個可愛的男生，但分手後他已封鎖我，避免其他人知道他的歷史。」

　　高潮來了，Tiago 進入 Neymar 家庭之前有過兩位情人，一個是巴西網紅 Carlinhos Maia，另一個是私人廚師 Mauro，兩位男士的共通點是——都是 Neymar 的朋友。Tiago 幾年前已在社交網站向偶像 Neymar 表達愛慕之情，後來搭上 Carlinhos，再戀上 Mauro，從

而獲邀參加偶像的生日派對。在生日派對上，小伙子首次遇上 Neymar，但出人意料的是，居然征服了 Nadine。

　　陰謀論來了，難道 Tiago 不擇手段劍指夢中情人 Neymar？如是者，他的心機很重，三分癡情七分危險。當然，外人可能想得太多，祝願 Nadine 抱得美男歸，終於找到真命天子。真愛不怕洪爐火，Hulk 與前妻姪女的戀情，大家又有甚麼看法呢？

　　今年 33 歲的 Hulk 好歹是巴西大牌球星，曾為國家隊上陣 47 場，效力過波爾圖和澤尼特，自 2016 年加盟上海上港，去年與美妻 Iran Souza 離婚，十二月公開與前妻姪女 Camila 的戀情，今年三月正式成婚。「我們沒有甚麼需要隱瞞的。」他為自己的小確幸下了註腳。

　　儘管前妻見證 Hulk 由無名小卒成為大球星，由日本、葡萄牙、俄羅斯再到中國，誕下了兩兒一女，可惜相差九年的姊弟戀未能笑到最終。人算不如天算，她不怕外面的野花，原來誘惑是家裡來，而且 Camila 曾經與 Hulk 兩夫婦一同旅遊，連隆胸的資金也是由 Iran 所出。

　　31 歲的 Camila 比 Iran 年輕，但也結過婚，婚禮上，Hulk 和 Iran 就是伴郎、伴娘。Hulk 經營的商業公司，部分業務已交給 Camila 的前夫打理，關係友好而密切，算不算引「狐」入室就見仁見智。2019 年八月，Hulk 宣布離婚，官方資料顯示，Camila 亦在同一日離婚，究竟兩人是否在離婚前已互生情素，看來不僅是巧合般簡單，而且劇情也是灑狗血，比起偶像劇更難以置信。君臣父子，中國人強調長幼有序，我們未必接受得了，惟 Hulk 和 Camila 始終沒血緣關係，也算不上是亂倫。

/真情流露/

他只是騙你
目的只爲與你上床

文：明士心

愛情是甚麼？世界上，有男人、有女人，自然產生出大量的兩性話題，當中最令人陶醉、也令人煩惱的，必定是愛情。

元好問差不多在一千多年前便問「情為何物」，《摸魚兒·雁丘詞》流傳至今，已成千古名句。每當我們憶起金庸小說筆下《神鵰俠侶》的李莫愁，經常在出場時唸出這首詞，就更加令人動容，內心戚戚然。

時至今日，問世間情為何物，仍然莫衷一是。男人可以為了女人傾家蕩產，前途盡棄；女人也可以為了男人，獻上肉體，美好年華。但一個轉身，你們會活在平行時空，輕則成為陌路人，重則反目成仇，兩個人無所不用其極地傷害對方。無論是心靈上或肉體上，像殺父仇人一樣，誓要將對方殘虐到底，甚至弄出人命。

甚麼是愛情？經常在路上聽人說：「他不是真心愛你的，他只想騙你，他的目的只為與你上床！」這句話當然是針對男性而說的。不過，只要稍改一些字句，便可由女性說出來：「她不是真的愛你，她只想騙你，她的目的只為你的身家！」

何謂真，何謂假？假作真時真亦假。如果把上面的「騙」字改為「欣賞」，意境便大不同。方方說，他是欣賞想她的美貌身材，因為愛才會跟她上床；又或，她是欣賞他的才華和賺錢能力，所以才跟他結婚。嘩，這可真是語言藝術，霎時間實在難分真與假！

前文提到《神鵰俠侶》，順道再談一個天壤之別的對比，小說中的楊過與小龍女或郭靖與黃蓉，夫妻感情真的如膠似漆，恩愛無比，羨煞旁人。同時，小說內也出現了公孫止與裘千尺的反目成仇，互相傷害對方到底。說到李莫愁，她沒能與愛人陸展元長相廝守，卻將愛成恨，轉嫁到陸家其他人身上，大開殺戒。

最後一提，瑛姑最終與周伯通開花結果，而有怨恨的一燈大師早就忘記紅塵世事，不再追究下去。說穿了，凡塵間有人拿得起、放得下，也有很多人一輩子無法釋懷，拒絕讓自己再次觸動「情根」。愛情，到底是甚麼，過去數千年無人解釋得到，相信再過幾千年，依然無法解釋得到。

兩個人深愛著對方才算是愛情嗎？如果你愛他，但他不愛你，又算不算呢？你愛他多一點，這又算嗎？更想問的，一個人同時愛上兩個人或以上，也算是愛情嗎？

再說，二十一世紀的今天，同性戀結婚已合法，愛情的定義上增加了許多變數，男男、女女相愛一樣是愛情，說明了法律上的「定義」是不斷在變的。

　　愛情是甚麼？恐怕永遠都找不到答案。諾貝爾史上首位文學獎得主 Sully Prudhomme 說：「有一種明確的標準可以衡量感情，就是你投入的時間。」它沒有為你提供答案，但讓會讓你陷入沉思。

秋天令人愁上更愁

文：明士心

《雨霖鈴》

多情自古傷離別。更那堪、冷落清秋節。今宵酒醒何
處，楊柳岸、曉風殘月。

此去經年，應是良辰好景虛設。便縱有千種風，更與
何人說。

　　《雨霖鈴》是多情先生柳永名作，每到秋天之時，
總會不自覺地想起這首詞，聯想到柳永先生的官場失意，
以及與愛人的別離，那種淒涼、那種悲痛，句句扎心。

　　儘管一般人未必有機會經歷官場失意，但人生遇上
生意失敗、職場迷失，相信不在少數，遇上這些令人沮
喪的事情，除了嘆句霉運，感慨人生，最後就是無語問
蒼天。積極一點的人，可能安慰自己「塞翁失馬、焉知
非福」，但是福是禍，往往無人得知。

　　事業與愛情，人生兩大事也。事業不如意，不少人
都能樂觀面對，反而很多人過不了「情」關。對不對？

　　分手時，如果兩個人都不愛對方了，倒不會發生甚
麼大事。最要命的是，兩個相愛的人突然有一日晴天霹

靂，其中一個不愛對方，熱情冷卻，只能用分手結束這段情。

偏偏，另一個依然深愛對方，抽離不了，難免會產生「受害者」心理，從而無法放下一個不愛你的人。就算你日以繼夜地思念對方，患上嚴重單思病，奈何他或她已把你拋諸腦後，一種心痛欲裂的感覺，絕非人人可以承受。

發生這些事之後，有人會做傻事，又或是改變了他的一生想法，這種心痛是難以用筆墨來形容的，總之，就是很痛，有如心臟停頓了。分手已成定局，當然是痛到一個點，但兩個相愛的人因某種客觀原因而沒能繼續一起，那就更加心如刀割。

這些狀況是時有發生，例如其中一方要求學、工作而搬到別的地方生活，美好的感情變成異地戀，一年只能見一兩次，要走下去就難度極高，很多人會因而分手，長痛不如短痛。

2020 年，肆虐全球的武漢肺炎大發「痴」威，全球各地鎖上國門，多少異地戀的情侶被迫分開。昔日即使身處異地，一年最少可見一兩次，但各地紛紛封關後，

連見都沒法見，甚至是相見無期，凡人擁有七情六慾，又怎能捱過這一關。執筆時，適逢 2020 年之秋，何時通關，還是遙遙無期，不知道有沒有人統計一下，過去一年有多少情侶因分隔異地而被迫成為分飛燕。

經歷了大半年封關，有些情侶難耐無了期的等待，慢慢感情轉淡，只能各奔前程。如果其中一方仍然思念舊情，這種心痛也是難以消除。柳永的《蝶戀花》：「衣帶漸寬終不悔，為伊消得人憔悴。」也數不到在今年吟唱了多少篇。

秋天啊，的確令人愁！

能不能把靈與慾分開來談

文：明士心

/真情流露/

　　偶然翻閱一本舊小說，衛斯理所寫的原振俠傳奇之《寶狐》。故事講述中國民初的軍閥少帥與狐仙之戀，但所謂「狐仙」實際上是沒有形體的外星人，並且她是宇宙的惡靈，二人相愛後的結果是，惡靈改邪歸正，少帥終生不娶。

　　幾十年前，第一次看這故事，入世未深，對愛情總抱有無限遐想，看到小說中的男主角冷自泉，可以如此的痴戀狐仙時，情不自禁產生了一種莫名的感動。

　　愛情真的能融化所有人嗎？惡靈受到冷自泉的愛所感染，最終回歸正道。而冷自泉也可以為了愛她，而決定終生不娶，甚至乎放下了軍政大權，不問江山，隱居避世，聽起來實在不可思議。

　　寶狐是外星人，沒有任何形體，不過是一堆思想，比起手機內的 Siri 更加虛無縹緲。然而，剛好與地球人冷自泉發生感應，讓她塑造成他想要的模樣——甜美可人、身材完美，一切一切都是男主角的想像，整個故事脈絡像不像傳說中的「柏拉圖式戀愛」？

　　或許衛斯理想說的是，愛情只需要兩組思想的交流，並不一定需要肉體，即撇除了性與慾。然而，在冷自泉

與寶狐交往過程中，雖然沒有觸摸得到的皮膚，但他卻是實實在在的感覺得到「她」。因為人類的思想來自大腦，只要控制到腦電波，我們也就可以「真實」的感應得到肉體，邏輯上與今日的虛擬實境(VR)異曲同工。

寶狐這外星人，讓冷自泉碰到她、接觸到她，甚至進行了魚水之歡。說到尾，兩人滿足了「肉慾」，間接否定了柏拉圖式戀愛。世人也是如此，兩個相愛的人除了精神交流，還是有肉體交流，不是嗎？「『柏拉圖式的愛』就是騙自己說，左輪手槍沒有上鏜。」英國小說家 William Somerset Maugham 說得妙。

/真情流露/

一切皆是緣
愛恨斷捨離

文：明士心

「我曾經愛她，無視理智、背叛承諾、粉碎和平、拋卻希望，即便一切阻止我愛她，我仍會這樣做。」大文豪狄更斯在《遠大前程》(《Great Expectations》，又翻譯為《錦繡前程》) 寫道。

緣，聽起來有點玄，但一切始於緣，或說眾生萬物皆有緣，總之凡塵俗世都離不開一個「緣」字。最基本的由人倫說起，父母兄弟姐妹兒女，沒有緣的話，怎會生長在同一個家庭。就算大家有血緣關係，沒有緣分，也可能早早各散東西。

朋友之間，當然也講緣分，在學校或在公司認識，也可能是生意合作夥伴，有些甚至可以在街上、在車上、網絡上相識、邂逅，由淺入深，完全是緣到了。時間與緣分沒有正比例，相識很久的朋友可以一夜之間變仇人，相識幾個月的情侶也可以白頭皆老。

我們每日上班下班，不知道與多少人擦肩而過，假如你在路上碰到認識的人，那就一定是緣，因為你早一步、晚一步，也會碰不到。就算你們身在同一班火車 (捷運)，若非同在一樣的車廂、同一道門，也不會見到面的。由朋友變戀人，就更需要緣分撮合，相識要有緣、相愛

更要緣，即使兩個條件出現了，你喜歡的人未必喜歡你，喜歡你的人你又未必喜歡。這就是緣，卻沒能解釋。

　　緣分是甚麼？時至今日，恐怕各方專家都解釋不了，地球上數十億人，為何你會生在台灣，而不是非洲呢？為何你是陳家的小孩，而不是張家的小孩，推而廣之，你住的地方、就讀的學校、上班的公司，像冥冥中的主宰。就算有人幫忙，推薦你進這學校，也是緣，試想想，你不認識推薦人的話，哪個「神」會安排你進去？

　　職場上，緣分的威力更是無遠弗屆，面試時遇到的面試官，無論你表現多好，他不喜歡你就是不喜歡。恰恰相反，就算你表現略遜色，但面試官喜歡你的樣子和氣質，卻可能會錄取你。與同事和上司的關係，當然是緣分，你能否工作愉快，工作表現好壞，對你事業影響很大，但，這就是人生。

　　中國有十二生肖，西方有十二星座，把生肖和星座歸類為不同屬性，哪怕不是 100% 準確，卻是前人多年累積的統計學，自然是有些依據。

　　讀者有沒有聽過「六度分隔理論」(six degrees of separation)，意思是兩個毫不相干的人，只要透過平均

6.6 個人，便可以找到彼此關係。簡單而言，只要你夠恆心，同時又有足夠時間的話，便可透過「朋友搭朋友」的方式認識馬雲和李嘉誠。這理論誕生於 1967 年，由一名哈佛大學的心理學教授所創，並在 2006 年由微軟研究得到證實。

　　緣，就這樣沒能解釋，故佛家云：「萬事隨緣，不用太執著。」愛與恨，有時要斷捨離，因為緣來自有方，也是凡夫俗子控制不來。

再定義「大男人主義」
——能力愈大責任愈大

文：明士心

常言道:「打者愛也,愛者多打幾下!」中華文化擁有五千年歷史,原則上接受體罰,也接受大男人主義,甚至認為男生打女生是天公地道、天理可容,而女生被男友或丈夫欺凌、虐待,就該三從四德,為了保持「家」的完整而百般忍讓。

今日坊間所談的「大男人主義」,背後潛台詞往往離不開控制欲強、亂發脾氣、嗓門大、粗魯以至家暴,總之是一大片負面印象。比方說,新聞報道有女生抓包男生劈腿,結果卻被痛毆一頓,臉上縫了十幾針。又例如,有女生抱怨,男友只想牽著她的鼻子走,以各種方式掌控她,只希望她言聽計從。

當然,戀愛是沒有誰打倒誰,參與者都被感情打倒,無一例外。重點是,很多人似乎完全誤解了「大男人主義」,或者,我們是時候為這五個沉重的漢字,進行重新定義。男友人經常羨慕我擁有不俗的女人緣,在朋友圈受到異性歡迎,女友人則敞開心扉對我說,相處時感到分外舒服、愉快。

別誤會,看過我本人的人都知道我不是帥哥,又不是腰纏萬貫的大財主,更不是甚麼權傾天下的達官貴人,

只不過是一個平平凡凡的「大男人」而已。兩性天生不平等,男人該有大男人的風範,之所以能力愈大,責任愈大。不管是女友抑或異性朋友,大男人都要照顧對方的感受和需求,選餐廳時要徵求對方意見,主動幫忙拿東西,吃飯買單更是理所當然,這就是真正的男人,也就是西方文化所形容的 gentleman。作為男人就要有男人的風範,最重要是責任,要懂得照顧及尊重女人的。

虛假的大男人不過是性格自私,自我為中心,永遠以自身利益利先,更會隨時隨地呼呼喝喝,儼如戀愛政權的「一人專政」。其實,一個人要有同理心,理解和體諒另一半是需要學習,要達到「無微不至」更是一種境界,不然你的自大,只是偽裝你的自卑而已。

只有真正強悍的人,才懂得溫柔是何物,大男人是真男人,相反,自以為「大男人」的獨裁者,不過是一個大渣男。不信嗎?香港歌手許志安就有一首歌,名叫《大男人》,恐怕在「安心事件」之前,連他自己都信以為真。

把握當下
《Forever Young》

文：明士心

/真情流露/

　　年輕時，看過一部電影，好幾天後都感到不舒服，一直在想那個男主角怎麼會如此可憐，就幾天光景，居然過完了他的下半生。

　　那電影名為《Forever Young》，台灣譯作《今生有約》，香港譯作《天荒情未了》，而英文原意是永遠年輕，但人又怎能永遠年輕？看了電影後感覺很沉重，除了愛情為主線外，人生的意義或者是「活了等於從沒活過」的感覺！

　　開首始於 1939 年，Mel Gibson 飾演的 Daniel McCormick 是美軍試飛員，與他的親密女朋友 Helen 及科學家好友 Harry 的故事。Daniel 一直深深愛著他的女朋友，但始終不敢開口求婚，直至有次約會後，Helen 遭遇交通意外後陷進昏迷狀態，甦醒無期。Daniel 在無助及失落中，接受了好友 Harry 的冷凍實驗，原本約定是冷凍一年，結果一睡就是五十年。五十年豈會不變啊？

　　1992 年，Daniel 在一次意外中甦醒，除了發現世界早已大不同，他以為早已逝世的 Helen 原來尚在人間，於是趕緊去找她，同時亦因冷凍實驗的副作用而迅速老

化，當影片結局有情人終成眷屬時，雙方都已是老邁阿婆阿伯了。

Daniel 醒來後，短短過了幾天，迅速老化，變成一位八十歲的老頭，真的可謂人生匆匆。第一次看電影時，覺得 Daniel 慘絕人寰，只消幾天，他的下半生就此完結。然而，人生在世，何嘗不是？像李白所說：「君不見高堂明鏡悲白髮，朝如青絲暮成雪！」一句話道出人生寫照，現實的時光一樣過得很快，當你以為還有很多時間可以大展拳腳，卻會無奈發現已時日無多！

就像男主角一樣，我們每時每刻也要把握現在。如果那次在餐廳他大膽向 Helen 求婚，或許他的人生會完全截然不同，或許不會發生交通意外，或許不需要接受實驗，或許不用經歷種種苦劫。當然，現實上沒有那麼多或許，但始終有一點弄不明白，明明是一對熱戀的情侶，為何沒有膽量求婚呢？

一個決定，改變一生，Daniel 後來與十歲小孩談論愛情時，也徹底改變了態度。他本來反對年紀太小談戀愛，後來一想到自己的遭遇，馬上跟小孩改口說要「把握現在」，心裡有甚麼要盡管說出來，若真的說不出口，

那就可以唱出來，總之不應把感情埋藏在心中，讓機會白白的溜走。

最後一幕，兩位白髮蒼蒼的老人擁吻著，但會不會有美好的結局呢？Daniel 會否因後遺症而身體發生其他問題，我們不得而知，只能由觀眾自行幻想。而我認為 Daniel 的身體衰退得如此快速，恐怕日子應該待不久。

因此，看了電影後的一段時間，心情都不太好，總是感覺 Daniel 是不幸的人，甚至幻想自己遇到一模一樣的事情，又會怎樣呢？除了人生苦短，活在當中，把握機會真的很重要，畢竟事情的結果是沒能預計的，Daniel 進行冷凍實驗，計劃只是睡一年，卻因發生意外而過了五十年。

每天愛你八小時的愛情之博愛型

文：明士心

/真情流露/

「我是處子，今日還是。」聽過花花公子這樣說。「每日愛你八小時，不夠嗎？」阿偉在影片開場的獨白。阿偉是影帝梁朝偉在《每天愛你八小時》的角色。

這齣九十年代末的香港電影，已經看過無數次，真的說得上百看不厭。也許，電影中的情節非常寫實，特別是兩位男主角（梁朝偉及方中信）的愛情觀，與筆者身邊一些朋友不謀而合，彷彿是巧合的投射，觀看時不禁會心微笑。

阿偉是一名形象顧問，專職發掘新人，過去多次將新人捧紅，同時也因為工作關係而愛上女藝人。奈何，結局卻都是分手收場，而儂本多情，他很容易便喜歡上任何女生，堪稱現實世界的「博愛型」男生，也就是我們現在說的渣男。

片中阿偉的前女朋友異口同聲指責他，壓根兒不了解女人，而且脾氣很壞、激情過後便轉趨冷淡，最終導致分手。不過，想深一層，這些似乎是很多男士分手的原因，並非阿偉獨有。

所以，當她遇上徐若瑄飾演的新人阿如，剛開始就不想把她簽下，原因可能是怕會喜歡上她，當阿偉的好

友苦勸他要控制住自己的感情，千萬別喜歡她時，這個花心漢卻表示「感情是無法控制的」。後來，蔡少芬飾的 Vivian 與阿偉談愛情，阿偉也說害怕會情不自禁，而 Vivian 也直接說：「那就不要再忍了！」

　　現實中，阿偉的感情觀無甚特別，很容易見一個、愛一個，口甜舌滑，同時充滿君子風度，絕不乘人之危，但「缺點」是對愛情三分鐘熱度，新鮮感過去，女生「到手」後便失去了獵人的滿足感。正因如此，他的女朋友數之不盡，卻找不到地久天長的感情，更可憐的是每次都被女朋友拋棄，以致慢慢不敢輕易再愛。

　　儘管阿偉有心逃避，盡力控制自己的感情，但性格決定命運，就算再小心翼翼，依然同時愛上了兩個女人。本來，他打算單身一段日子，卻巧遇新煩惱，一個是旗下的女藝人，一個是廣告公司的上司。

　　三人世界多擠迫，兩個女朋友當下都恨他入骨，轉眼還是捨不得阿偉，這樣的意外對某些男生來說時有發生，但未必會快樂。

　　阿偉最後知道，不能同時愛上兩個女人，誠如父親所說：「一場足球比賽裡是不能同時有兩個足球存在

的！」兩個足球同時在球場，裁判就會吹停比賽，他必須二選其一。對了，方中信飾演的 Patrick，本身與阿偉一樣是渣男，但大病後性情大變，結婚生子，從此不再鬼混，做個居家好男人。

　　阿偉呢？他還是對愛情有些保留，沒能說出實實在在的承諾，結局似乎也找不到真愛，並下了抽象的定義：「對方開心，自己就不用負太大責任。」這套理論算不算是真愛呢？愛情的定義與評價歷史人物一樣，只能蓋棺定論了！

每天愛你八小時的愛情之一夜情

文：明士心

/真情流露/

　　上篇談過《每天愛你八小時》阿偉的（梁朝偉飾）愛情觀，這次就談談另一位男主角 Patrick（方中信飾）的故事，像他這樣的性格，雖然不能說有很多，但我身邊的確也認識到這樣的朋友。

　　Patrick 生性風流，常常找不同的女炮友一夜情，幾乎天天都要換不同的對手，每日下班總會到蘭桂芳（香港的酒吧街）尋找慰藉。即使有一位已交往五年的女朋友阿芬（童愛玲飾）感情穩定，但對他來說是枯燥乏味，就如阿偉所述（像他的女傭多於像女朋友）。或許他根本不在乎愛情，只在乎肉體上的滿足，從不珍惜任何人的付出。

　　後來在一次意外的情況下，與暗戀他多年的小學同學兼同事媚媚（關秀媚飾）擦出火花。二人的所謂愛情，其實也出於 Patrick 對女性樣貌和身材的興趣而已，是否真心發展，觀眾不得而知。雖然 Patrick 說過想與媚媚走下去，不過，可能只是在床上纏綿下去，他只會擔心在床上「抬不起頭」，卻不懂關心別人的感受。媚媚本來千依百順，但受到阿芬的勸說，相信 Patrick 這輩子死性不改，於是痛定思痛，與阿芬一樣選擇放手，放開所有。

　　Patrick 口才了得，事業上不愁業績，亦因他油腔滑調，很會哄另一半，很容易討女生歡心。對他來說，找炮友如吃飯一樣，幾乎天天需要，也要天天轉換菜式，除了自己的女朋友之外，還需要性伴侶滿足所需。他的格言之一：「在愛情裡愈多替補愈好！」由此證明，他的愛情其實只是性需要，根本算不上是真愛。

　　電影來到中後段，Patrick 在蘭桂芳喝酒後暈倒，幾個小時居然都沒有人理會他。幸好，最終有人送他到醫院，救了他一命，而這場大病之後；他娶了一位像阿芬的台灣女子，個性非常潑辣，更經常罵他，就如「周瑜打黃蓋」，一個願打，一個願挨。病癒之後，大撤大悟，他只專注著家庭，忘記了昔日花花公子的生活，是不是一場大病改變了他的價值觀？抑或媚媚改變了他？還是他沒能到處找炮友而放棄整個森林？結局確有點耐人尋味。

　　最真實的一點是，我認識的花花公子之中，成家立室之後，不少人真的修身養性，把時間和精力都放在家庭，出軌的機會大大減低。反而一些男生過往接觸異性的經驗不多，婚後出現越軌行為的風險更高！是不是因

/真情流露/

為年輕見識太多，婚後會不容易對其他人心動？抑或心
太累，浪子被迫回頭？

是喜是悲又是喜
《Somewhere in Time》

文：明士心

是的，這齣《Somewhere in Time》是喜劇，是悲劇、也是喜劇，當然本身是愛情電影！電影配樂街知巷聞，後改編為鄭少秋主唱的廣東歌《如在夢中》，最後一句「如在夢中，相愛常恨，太快夢醒」，點出了主題，道出了現實。

《Somewhere in Time》的香港譯名是《時光倒流七十年》，台灣譯作《似曾相識》，兩個譯法各有優點，香港譯名就清楚表述了故事會講述時光倒流，而台灣譯名就更貼近英文原意的「似曾相識」。

時空穿越不是新玩意，《時光倒流七十年》已誕生四十一周年，男主角 Richard Collier（Christopher Reeve 飾）因為想尋找七十年前的大美人，多番嘗試後終成功回到過去。話說有一天，他收到一位老婆婆的一隻懷錶，婆婆告訴他：「回到我身邊！」當時他懵然不知發生何事，然後，婆婆慢慢轉身離去。

八年過去了，Richard 早已忘掉這起小事，並成為劇作家，獨自度假，途經一所老飯店 Grand Hotel，遂決定下榻於此。辦理入住手續時，飯店有一位老職員表示他很面熟，偏偏 Richard 毫無印象。

　　等待吃飯期間，Richard 到飯店內的歷史文物廳閒逛，倏然發現一張大美女的照片，照片中人微笑向前望，讓他驚鴻一瞥，甚至乎一見鍾情、似曾相識。經多方查證下，他知道照片中人是已故女演員 Elise McKenna（Jane Seymour 飾），也就是八年前給他懷錶的老婦人——可惜她就在當晚逝世。Richard 耿耿於懷，用盡辦法想回到過去，結果他成功了！

　　他回到七十年前，認識了 Elise，雙方很快情投意合，發展速度快得驚人。當 Richard 第一次向 Elise 打招呼時，Elise 說了一聲：「是你？」又是似曾相識的意味，但這是她的經理人 William Robinson（Christopher Plummer 飾）所預測的事情。

　　不過，二人的戀愛被 William 多方阻撓，一度把 Richard 縛起來，幸好二人還走在一起。後來，當 Elise 準備演出前拍下了一張照片，拍攝時她就是看著 Richard，就呼應了電影初期，男主角欣賞到女主角照片時的「觸電」感覺。

　　都說了是喜、是悲又是喜，二人沐浴愛河時，Richard 突然回到現代，被迫分開，永久分隔。雙方的日子同樣不好過，Richard 像瘋了一樣，連續多天不眠

不吃後去世。Elise 失去了 Richard 後便息影，個性由開朗變得孤僻，鬱鬱寡歡數十年，直到再次見到愛郎後與世長辭。

影片最後的部分是 Elise 伸出手來，等待 Richard 牽著她，並再次重遇，墮入愛河。那是不是二人的死後世界？在天堂再續未了緣嗎？觀眾覺得兩人死得很悲慘，但或許最後是有情人已經終成眷屬。

最後一提，電影開場時的懷錶，本是由老了的 Elise 送給 Richard 的。回到七十年前，二人相戀了，Richard 將懷錶送給 Elise。懷錶到底屬於誰的呢？兩人所得到的懷錶都是對方贈予的，他們根本沒有買過這塊錶，有趣極了！

Roommates

文：汶莎

　　夜裡，因肚子餓而外出覓食時，巧遇了你。你那無辜慌張的小臉，寫滿了害怕。

　　心想你的家人應該也擔心著而四處找尋。

　　我左右張望卻看不到任何線索與你家人的身影，心疼著你的遭遇，也不願你繼續在外餐風露宿。

　　於是，我便將你拾了回家。

　　在經過簡單的清洗和醫療後，初來乍到的你，仍怯生生的躲在角落靜靜地觀察著我。

　　我試圖用美食換取你的信任，而你那銳利的眼神似乎告訴著我：「我可沒那麼好收買。」

　　我們倆的關係就好似跳恰恰般，當我進，你就退。

　　雙方堅持了數分鐘，我率先舉手投降，轉身瀟灑的離去。

　　不挽留的是你放鬆戒備的心，靜靜的看著我的離去。

　　我不放心的眼神，總是不時的往你的身上飄去，偷得你睡眼迷矇的神情，讓我雀躍不已。

　為了怕你著涼，在角落的不遠處我鋪上了毛毯，一邊擔心著把你吵醒，一邊希望你能留意到我的用心。

　夜裡，我便懷著忐忑的心情入睡。

　一早，便被物品掉落的鏗鏘聲給吵醒，驚得我連忙打開房門，客廳散落的物品和緊縮在角落的你，大致猜得到發生了什麼事。

　我並無責怪你，僅默默地撿拾著地上的物品，不經意發現空的食碗及有些微皺的毛毯，你接受了我的善意，讓我的心歡欣鼓舞。

　於是我們保持著彼此信任的距離。

　季節的更迭，窗戶的風鈴木綻放著它耀眼的黃，吸引了不少蜂蝶前來，亦吸引了你的好奇心。

　你不再似從前那樣的怯生，反而大膽放肆的在我這幾坪大的空間稱王；對於你來說，我只是個伺候你吃穿用度的奴才。

　明明我才是這空間的主人，怎麼反而卻讓你這小畜牲占地為王，每當我懷著不平之氣向你靠近時，你總用水汪汪的無辜雙眼和毛茸茸的肉球，將我的心征服。

/真情流露/

　　當我在忙於工作時，你也總是會用各種方式博得我的注意。

　　推倒我的杯子，踩上我的鍵盤，追逐螢幕上的鼠標，輕咬輕舔著我握著滑鼠的手。

　　各種可愛的舉動讓我不得不放下工作，想要好好愛護你一番，你卻一溜煙的逃走，與我玩起鬼抓貓的遊戲。

　　當我將你擒入懷中，使出抱抱攻擊時，你用無情的肉球將我拒之千里外，再搭上淒厲無比的慘叫聲，像似我在虐待你般，要我將你放下。

　　我只好摸摸鼻子，無奈的將你放回地上，當你徑直的離開，還不忘回頭給我一眼銳利，著實讓我哭笑不得。

　　雖然你總與我保持距離，但仍不忘對我送上關懷與信賴，我們的關係就像室友一樣，做著各自的事情，又能偶爾有一些交集。

　　我想，這就是你向我表達愛意的方式吧！不像我那般的直白、單純，而是如此的謹慎小心，深怕一個動作，就讓你我的關係失去平衡，最終陷落。

　　相處久了，我似乎能明白你的謹小慎微，而你，也似乎能夠明白我的天真爛漫，才會用睥睨的眼神叫喚著我的名字：「蠢奴才。」。

理所當然的愛

文：汶莎

　　從嗷嗷待哺的那刻起，我就明白，我的身邊會有兩個任我予取予求的人。

　　當我飢餓時，便能得到食慾的滿足。

　　當我無聊時，便能看到跳樑小丑在我面前逗弄著。

　　當我大便時，便有人能立即清潔。

　　當我哭鬧時，便能得到我所想要的。

　　在我探索這個新奇世界的同時，總是有個人會在身旁保護著我、呵護著我，讓我安心的大膽放手做任何事，即使有錯，也不會被責罵。

　　但……自從長大懂事過後，這種待遇卻在不知不覺中，從我的人生消除。

　　當我飢餓時，拿到的是一張鈔票，叮囑著我記得要去買飯吃。

　　當我無聊時，望的是手上的智慧手機，上下左右滑著各種資訊與遊戲。

　　當我想做任何事時，都不會有人來幫忙，只能靠著自己自立自強。

　　我曾試過找回從前高高在上被人重視的感覺，於是我做出許多引人注目的事情。

　　像是......

　　偷竊父親存錢桶裡的錢。

　　跟同學學習如何抽菸。

　　跟好友一起做違規的事。

　　但......換來的卻是責罵與約束。

　　最後......我選擇了放棄。

　　出社會後，我選擇搬離那我曾經覺得溫暖的家。

　　此時此刻，我感受到前所未有的解放感。

　　讓我回想起，小時候的那種放飛自我。

　　原以為只要找個跟母親或父親一樣的對象，就能享受到被保護、呵護的感覺。

　　想像著茶來伸手、飯來張口的悠閒日子。

　　但......社會的現實總是不那麼的天隨人願。

沒有人是願意無償為對方付出的，當你想要對方如你所願的不斷給予，對方若得不到他所想要的，我也會得不到我所想要的。

社會的利益現實主義，讓我看清了人性的險惡；金玉其外的完美外表下，隱藏的是，敗絮其中的心機算計。

我想起了家的美好，想起了父母的諄諄教誨。

原來……那些責罵、那些約束、那些教導，都是引領我適應這社會的基石。

於是……我搬回了曾經覺得令人生厭的家。打開門見到的是父母投以的關愛眼神，以及熱騰騰的飯菜。

曾覺得這一切都如此的理所當然，如今卻覺得珍貴無比。

在父母們的關懷問切下，我那早已被社會摧殘到破爛不堪的內心，像炸彈般傾洩而出。

含在眼眶中的淚水，不爭氣的往下直直落，就在我哭訴著這幾年來，因自己的自視甚高、自私自利、自以為是，而換來的所有傷痛，在他們的溫柔細語下，一一拾起，呵護，修補，放回。

這時我才真切的感受到父母對我的愛。

原以為予取予求是唯一的真愛。

但卻忘了，隨著長大而逐漸成熟的內心，需要的是糖果與鞭子並行的愛。

再度擁回父母的羽翼下，我開始眷戀。

不想再去面對社會的醜陋。

但父母卻駁回了我的任性，要求我慢慢的成長，適應這個殘酷的社會。

當我還想依賴撒嬌的同時，他們卻道出了我從所未曾想過的問題。

「萬一我們離開了......你該怎麼辦？」

雖然知道生老病死是人一生中總會遇到的事情，卻沒想到是現在的我必須要考慮到的問題。

於是我聽從他們的建議，開始學著堅強。

學著......適應、順從這個社會。

當我頭上漸漸地冒出幾撮白髮時......我感懷著父母對我的用心。

也了解到這世上唯有他們，對我是真情至愛。

禮物

文：汶莎

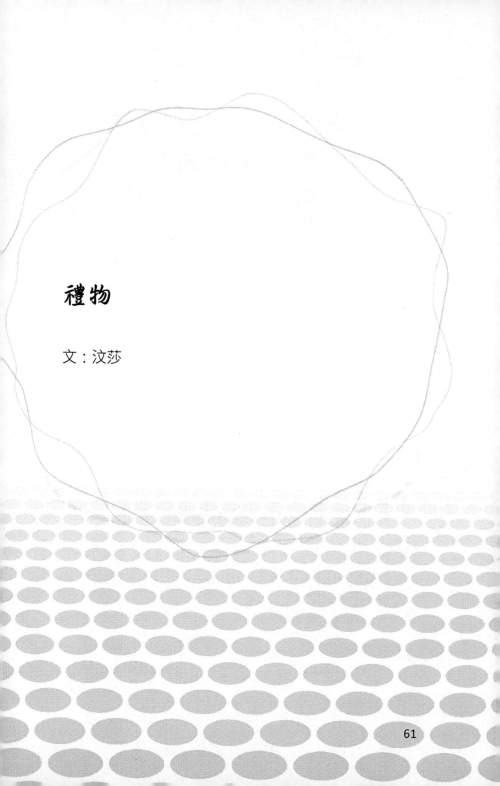

記得小時候總愛纏著母親，靠在她圓滾滾的肚皮上。

聽著你的心跳聲，不停的與你對話。

媽媽說，這是你的弟弟，你要好好的愛護他。

我一邊答應著，一邊期待著你的到來。

在一個兵荒馬亂的夜裡，你在大人們的努力下，呱呱墜地。

響徹雲霄的哭聲，引得在場的人，臉上掛滿笑容。

過了不久，我終於在家裡和你進行了第一次接觸。

看著你熟睡的臉龐，我小心翼翼，深怕一不小心太用力就把你吵醒。

我輕輕地摸著你的臉，你皺起的眉頭可愛極了。

我輕輕地摸著你的手，你小巧的五指輕握住了我的指頭。

一股全所未有的溫暖，竄進我全身，我好開心，不禁想起媽媽曾說過的話，

我要保護你。

時光荏苒，你從一個小嬰孩長大，身高也漸漸地與我逼近。

我們之間的爭執也隨著懂事而慢慢增加。

我們總會因為一些小事而爭吵，像是誰搶了誰的玩具；又是誰先打了誰的頭；或是誰先作弄了誰。

兩個好動的男孩，讓整個家每天都不得安寧。

媽媽也總是大呼小叫的要我們不要吵架。

爸爸則是抄起傢伙準備來頓竹筍炒肉絲。

不知是因為血緣羈絆亦或是兄弟情深，雖然吵吵鬧鬧，但有共同敵人時，總能一致對外，培養出的默契，是比血還要濃厚的革命情感。

雖然兩人總是能把家裡鬧個底朝天，但還是有歡笑感動的日子。

吵鬧聲、哭喊聲、歡笑聲此起彼落的，在這個家中迴盪了二十幾年。

當我們成年時，人生的選擇與考量愈來愈多，現實的壓力也逼得我們難以喘氣。

於是我們將自己的脾氣留給了最愛的彼此身上，兄弟間的情感，也到此為止。

父母臉上的紋路，細數著勸說的隻字片語。

而我們斑白的髮際，也不斷的提醒著那段放不下的過去。

沒想到的是，我們再次的相見是在父母的祭禮上。

因瓦斯外洩的意外促使兩老雙雙歸西，在我們傷痛之餘，仍頻頻指責著對方的不是，將父母的死歸咎在對方身上。

如此自私的行為連親戚旁人都看不下去，紛紛出來勸說。

雙方你來我往、你推我擠，一個猝不及防的意外，隨著鈍響和滲流的鮮血，戛然而止。

寂靜，瞬間澆熄了我的怒火，看著倒地不起的弟弟，我驚覺事態嚴重。

旁人連忙著拿起毛巾止血，叫救護車，我卻愣在原地一動也不動地看著他，隨著鳴笛聲的叫喚，無神地一路伴隨著他。

腦中的恩怨情仇，頓時煙消雲散。

一切開始變的不重要，只心繫著希望弟弟能夠醒來。

這時......響起了熟悉的一句話：「你要好好的愛護他喔！」

豆大的淚珠從我臉上滑落。

為什麼要等到這刻我才明白弟弟的重要，恨自己的自私、恨自己的不包容、恨自己的愚蠢，才造就今日這番局面。

在我心想著該如何用餘生彌補這一切的同時，握在手心裡的手指動了一下，像是小嬰兒般無力。

我哭到無法言語，我不停的感謝著神的賜予，願意再給我一次重修舊好的機會，讓我好好感受這份禮物的真切。

只想讓你知道

文：汶莎

雖然你什麼都不說，但我都知道你在想什麼。

你總愛把最喜歡吃的東西留到最後才吃，你總愛把從別人那收到的祝福收藏得好好的。

你總愛把最喜歡的東西毫不猶豫的讓給他人，我總是想不透......

既然你這麼喜歡，為什麼不直接說呢?

既然你這麼喜歡，為什麼不極力爭取呢?

既然你這麼喜歡，為什麼不自私一點呢?

總是因為自己大愛的決定，把自己搞的遍體鱗傷。

在與朋友間的相處亦是如此，當遇到不喜歡的事情，也會隱忍，然後順從。

我曾問過你為什麼不拒絕，你卻說:「我不想成為那掃興的人。」

你如此的溫柔體貼，你如此的善解人意，你如此的顧全大局。

讓在一旁默默陪伴你的我，總是心生不忍。

　　你知道我喜歡那個女孩兒，你總是為我加油打氣，鼓勵我跟她告白。

　　即使最後是以失敗收場，但你仍是照顧著我的心情，陪伴在我身邊。

　　帶著我陪你一起逛書店，帶著我陪你一起吃東西，帶著我陪你一起四處遊玩。

　　我知道，這一切的一切都是為了讓我轉移心情，好療癒失戀的心。

　　你如此的無微不至，你如此的心思周密，你如此的關懷備至。

　　讓心情低落的我，馬上忘卻了失戀的痛苦。

　　隔壁班的張鈺跟我告白了，但......我並不喜歡她，雖然她給了我時間仔細考慮，但我未回覆她。

　　而你不知道從哪得來的消息，便笑著對我說：「你真受歡迎！」

　　可我知道，在你笑得燦爛的面容下，卻藏著一顆五味雜陳的心。

　　我在此刻似乎明白了一些事，那些你不敢提，也不敢想的事。

　　但終究也只是我的猜想，未經證實也不敢貿然向你探問。

　　高二那年，我們幾個好友相約埋下時光膠囊，約定在高三畢業那天將它挖出。

　　也約了你一起，我們各自寫下了彼此對於高三的憧憬，以及對於未來的期許。

　　情人節那日，你說你要我當你的試驗品，讓我嚐嚐你的手作巧克力，我意不容辭的點頭答應。

　　當我嚐了一口，苦中帶甜，非常成熟的氣味，我輕輕的皺了一下眉頭。

　　「有點苦。」

　　你卻哈哈大笑，「這是大人口味！」

　　當你別過頭去，我不經意的發現你的微笑，我想這或許不是試驗品，而是要給我的驚喜吧！

　　時光荏苒，到了鳳凰花開的日子，在走完畢業典禮的流程後，我們一群人相約去打開埋在樹下的時光膠囊，

大家彼此分享著自己寫的內容，唯獨你卻始終藏著掖著，不想讓我看到。

　　這勾起了我的好奇心，在我不斷的乞求下，你答應只許給我一人看。

　　我將你寫的紙條輕輕打開，「願我喜歡的能長留我心。」

　　我打趣的問道你上頭寫的喜歡指的是什麼？你卻用羞紅的雙眼看著我。

　　頓時間我全明白了，我緩緩將你擁入懷中，證明自己這幾年來對你的猜想全然正確，

　　我開心的笑著對你說：「得償所願。」

藏於話語下的真言

文：汶莎

　　表面上你總是顯得不在意。

　　對於我的一言一行毫不在意。

　　對於我的生活瑣事毫不在意。

　　對於我的喜怒哀樂毫不在意。

　　你只專注於你自己的事情上，從未對我放過心思。

　　我能夠體會你上班辛苦，所以我選擇了體諒。

　　我能夠體會你下班疲累，所以我選擇了讓步。

　　我能夠體會你想要自己的空間，所以我選擇了不打擾。

　　我為了你做了這麼多，而你卻仍自顧自的過著單身生活。

　　我不禁想，我在你心中的位置到底在哪？

　　直到有一次我終於受不了，與你大吵一架。

　　我哭著向你說著我的寂寞，我哭著向你說著我對你的思念，我哭著向你說著我的委屈，我哭著向你說著我的憤怒。

從你驚恐的眼神中，我讀取到了你的不知所措。

從你安撫的話語中，我感受到了你的真誠歉疚。

從你溫暖的懷抱中，我瞭解到了你的情真意切。

但……我還是無法釋懷……

於是，我努力的向你表達『在一起』的意義。

我努力的向你爭取『我們』的時間。

我努力的向你索要『暖心』的甜言蜜語。

你順從了我的意願，盡力的達成了我所要求的每一件事。

可是……我也發現你內心的疲態。

我試探性的詢問你的狀況，而你卻說「沒事」。

我知道一句「沒事」的背後，隱藏了多少的委屈與不滿。

因為……我也曾這樣過。

我開始展開攻勢，漸進式的逼問著你，你熬不過我的糾纏，終於把心裡話說開。

　　你努力的向我展現『陪伴』的重要性，卻得犧牲自己的個人空間。

　　你努力的向我展現『一起』的重要性，卻得犧牲自己的享樂時間。

　　你努力的向我展現『關心』的重要性，卻得努力表現出在意我的樣子。

　　我說「凡事剛好就好。」

　　「尋找彼此適合的溫度。」

　　「尋找彼此相處的平衡。」

　　我允許你想要的『自由』，你包容我內心的『寂寞』。

　　我尊重你想要的『隱私』，你給足我要的『安全感』。

　　我包容你所有的『缺點』，你謙讓我全部的『傲氣』。

　　我們就像兩個齒輪，在磨合中找尋契合的點。

　　在保有自我本色的同時，也磨去彼此的尖銳。

　　透過每一次的爭吵，換來每一次的諒解。

　　不斷反覆之下，我們漸漸地能向對方說出心裡話。

　　自然而然，不尷不尬。

　　也明白，藏於心中的話語，並不是為了讓感情長久而選擇的退讓。

　　也明白，藏於心中的不安，並不是為了讓對方放心而選擇的委屈。

　　也明白，藏於心中的躊躇，並不是為了讓關係圓滿而選擇的順從。

　　從溝通中了解彼此的想法，從情緒裡覺察彼此的心情，從誤解中瞭解彼此的真意。

　　我漸漸習慣了你的忽冷忽熱，我漸漸習慣了你的圓滑世故，我漸漸習慣了你的反覆糾結。

　　以前看不順眼的地方，也因為溝通，有了安放的理由。

　　我想......我似乎愈來愈瞭解你了。

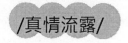

/真情流露/

不完美的愛

文：汶莎

　　我喜歡與眾不同的人事物，我喜歡發現不完美背後的完美。

　　像是，在挑金魚時，大家都選顏色鮮豔、體態優美的，而我，則會挑選花色不全、身形弱小的。

　　不是不健康，而是自卑的心理，讓他們無法展現出自己的美。

　　我喜歡在飼養他們的過程中，與他們互動，挖掘屬於他們自己的美。

　　像是，在挑選園藝植栽時，大家都選雄偉碩壯、豔壓群芳的，而我，則會挑選枝葉翠綠、小巧含苞的。

　　不是受病蟲害，而是軟弱的思維，讓他們無法展現出自己的美。

　　我喜歡在培養他們的過程中，與他們對話，找尋屬於他們的自信。

　　像是，在遇到在愛情裡徘徊的人們，大家都依自己的標準挑選合適的對象，而我，則是蹲坐在一旁看著因為愛情而受傷的人們。

不是他們不好，而是自我厭惡的委屈求全，讓他們的愛情有了不完美的缺。

我用同理的心情包容著他們，陪著他們，一同找尋著自己的不完美。

以及，接受。

人非完人，有缺點亦有優點。

每個人都有屬於自己的獨特，每個獨特都是無與倫比的優點。

但，並不是每個人都懂得欣賞。

在他眼裡，你的優點他覺得是缺點。

在你眼裡，他的缺點你覺得是優點。

端看每個人欣賞的角度，而決定自己的內心感受，亦決定他人的個人價值。

所以，有很多人為了提升自己在他人心中的價值，而不斷的阿諛奉承、勉強遷就，最終而失去自我、否定自我。

也有很多人為了愛情更臻圓滿幸福，而不斷的揣合逢迎、搖尾乞憐，最終而改變自我、厭惡自我。

　　頓時失去重心的人生，就如同失了軸的陀螺，搖晃不定最終倒下。

　　人生不是非得靠著他人才能旋轉，而是得靠自己。

　　在我悟出這樣的道理之前，我也曾是個在愛情漩渦裡，載浮載沉的一條死魚。

　　在經歷轟轟烈烈的熱戀激情過後，相處成為了我們面臨的第一道課題，我原以為遷就著他就能獲得長久，我原以為努力付出就能獲得回應，我原以為時常關懷就能獲得喜愛。

　　我用著『我以為』的方式，愛著他，直到分手過後才知道，原來我的愛如此的沉重。

　　我沒有考量到他的想法，我沒有考量到他的顧慮，我沒有考量到他的未來。

　　或許是我的思慮不周，才造就這場不完美的愛，曾幾何時的我陷入不停的自責浪潮裡，無法自拔。

　　直到時間將我撈起，放置在晴空萬里下將我曬乾，將自責的潮水蒸發的一乾二淨。

　　我才明白，強摘的果子不甜的道理。

也明白了，真愛是擁抱彼此的不完美。

真愛是磨合彼此的不完美。

真愛是包容彼此的不完美。

真愛是欣賞彼此的不完美。

真愛是真愛彼此的不完美。

我相信，所有的不完美都有它存在的意義，總有一天會出現懂得欣賞不完美的人，就如同韓愈所說：「千里馬常有，伯樂不常有」，只要耐心等待便會有開花結果的一日。

名爲現實的煙花

文：汶莎

還記得那年澎湖花火節我們一起看的煙火嗎？

在閃亮繽紛的夜裡，你從天上摘下一顆星，捧在手裡，向我應許著會讓我幸福。

我高興的伸出左手，讓你套進無名指，相信著未來的我們會比現在更加幸福。

隨著時光的更迭，我們體會了許多第一次；第一次結婚，第一次懷孕，第一次當父母，第一次回娘家。

隨著許多的初體驗，現實也漸漸地磨去了你的耐性；看著你總是早出晚歸疲累的樣子，我實在不捨得讓你操心所有的家務。

為了能讓你無後顧之憂，我將所有的委屈和痛苦藏在心裡；夜晚孩子大哭大鬧，我總是將他帶離房間，為了讓你睡得安穩。

早上努力撐起微笑，目送你離家去上班，為了讓你保有工作動力。

在家帶孩子操持家務，盡管累也要撐著，為了節省保姆費支出。

在下班前趕緊準備晚餐，想著你愛吃的，為了讓你感受家的美好。

但......我的付出，你似乎都無動於衷。

在家的你總像是個怨婦，不停地抱怨著工作。

在家的你總像是個暴君，不停地嫌棄著我。

我感覺......我們的愛似乎隨著煙花，消逝殆盡。

你曾經說要給我的幸福，如今看來卻是一番地獄。

心力交瘁的我，精神已瀕臨崩潰之際，我神情恍惚的走在超市的路上，烈陽晒得我兩眼發昏，眼前惚地一暗。

我倒了在馬路旁，隨著背上孩子的哭聲，我失去了意識。

當我醒來時，我看見的是白色的天花板與一旁的點滴。

向右手邊望去的是你默念祈禱的焦躁神情，我用盡身上的力氣，輕輕的撫上你的手，你似乎嚇了一跳，抬起頭呆愣的看著我。

你的臉色由苦轉笑，我才發覺原來你是在乎我的。

我努力的想撐起身子，想關心一下孩子的狀況。

你卻要我好好休息，不要管這些瑣事。

我擔心的詢問你的工作，你說你請假了，我覺得有些自責。

因為我沒照顧好自己，所以害你請假扣薪。

因為我沒盡好家庭主婦的責任，所以害你請假曠職。

因為我......

我話還未說完，你便搗住我的嘴，要我別再繼續說下去。

你說是自己不好，只顧著工作，都沒照顧好我的心情，做為一個老公，失職。

你說是自己不好，回家只想著享受，都沒好好的分擔家務，做為一家之主，失職。

你說是自己不好，把照顧孩子的事情全都推給了我，做為一個爸爸，失職。

聽著聽著，我的眼淚不禁從臉頰上滑落。

不是難過，也不是生氣，更不是委屈，而是喜悅。

一直以為他並不在意我的委屈、痛苦；沒想到他都知道。

一直以為只要我忍耐付出，就能得到回報；沒想到維持的都是表面假象。

一直以為我們的愛消逝了；沒想到只是被現實壓得喘不過氣。

一直以為我們就此將墜入地獄深淵；沒想到你卻想帶著我走向幸福。

你告訴我，不要再默默獨自承受，我們要一起共同面對。

我點頭答應你，未來不管發生什麼，都願意與你共同分擔。

這時，我才明白......

原來......我們的愛，一直都被『現實』深埋在彼此的心中。

/真情流露/

你多久没哭了

文：汶莎

　　平凡的日子裡，迎來了一場無聲的暴風雨。

　　不知從哪天起，我發現老公已不再與我對話，當粗魯的開門聲嚇得我探頭查看，疲憊的身影、憔悴的臉龐，看得出你為這個家的付出已達極限，我試探性的詢問：「你還好嗎？」

　　你一臉不耐的回應道：「沒事。」

　　便攤坐在沙發上，靜靜的闔上的眼，享受片刻的寧靜。

　　我識相的不去打擾你，默默回到廚房準備著今日的晚餐。

　　隨著時間將料理烹調至美味，我輕聲的呼喚：「來吃飯了。」

　　你才緩緩張開眼，從沙發上起身走至餐桌，不發一語的坐上熟悉的位子，囫圇吞棗的將眼前的食物一掃而空。

　　看著你急迫進食的樣子，我想你累了，我想你委屈了，心中的悲憤無處可發洩，便用吃來釋放情緒。

　　就連吃飽後，一句招呼都不打，便徑直地往床上走去。

　　本想叫住你，希望你能先洗澡後再上床，但看著你已累到路都走不穩的樣子，不忍心再出言，便靜靜的看你走進臥室倒頭就睡。

　　在我用完餐後，收拾著餐桌上的一切，一面思考著該如何幫助你，身為另一半的我，該如何引導你心中的不滿與憤懣。

　　這樣的日子持續了近兩周的時間，看著你日益憔悴，連休假時都仍不忘工作，持續忙碌著。

　　我們之間猶如平行線般，毫無交集。

　　看著你板著臉的樣子，我也不敢出聲打亂你的情緒，僅能給你喘息的空間，讓你能夠好好的調整自己的步調，在面對明天的艱難，能有動力繼續向前。

　　有天，你提早回到家，坐在沙發上的我感到有些驚訝，你說：「我請了特休。」

　　我知道你是個不輕易請假的人，除非必要，我想這個「必要」的時機已然到來。

　　我示意著你坐在我身邊，伸手將你的頭按壓在我的雙腿上，我輕撫著你的髮絲，輕聲說道：「辛苦你了，謝謝你為這個家努力了這麼久。」

　　此時你眼眶中滲出的淚水，漸漸濡濕了我的褲子，此時的你，像個委屈的孩子，啜泣著。

　　在這無聲的寧靜之中，下起了點點細雨。

　　我沉默不語，繼續輕撫著你的頭，像是在安撫著孩童般，輕柔的安慰著。

　　你似乎為你的委屈找到了出口，開始滔滔不絕的說著；說著你心中的疲累，說著你心中的不滿，說著你心中的所有不公平。

　　開始喋喋不休的抱怨著；抱怨這個社會為何如此偽善？抱怨這個職場為何如此勢利？抱怨人際關係為何如此複雜？

　　我靜靜的聽著，猶如一塊海綿，吸收了你所有的負能量，直至你釋放完畢，平復了心情，我才微笑的對你說：「你多久沒像這樣好好哭了？」

　　你說：「記不得了。」

我說：「哭出來後有好點了嗎？」

你點頭說道：「嗯，謝謝你。」

我高興的將你擁入懷裡，為你獲得釋放的心感到開心，你也感謝著回抱我，替你將被綁架的心給鬆綁。

於是，日子又恢復了平凡，你的臉上又再重拾笑容，家的感覺又更暖了一些。

/真情流露/

照亮黑暗的一絲煦陽

文：汶莎

我覺得這世界遺棄了我。

當我知道自己得了不治之症時，我知道我的人生即將要結束了。

我沒把得病的事情告訴親人，因為我無法接受；我沒把得病的事情告訴朋友，因為我不接受他人的同情；我沒把得病的事情告訴任何人，因為我不接受被世界遺棄。

我還有好多事情想要做，我還有好多未完成的事，我還有好多好多的夢想，正等著我。

我選擇逃避現實，將自己一個人關在房間，不吃不喝，不與外界接觸，電話好像響了不少次，但我不想去接，現在的我無法分神去應付那些關心。

在黑漆漆的房間我不知道待了幾天，也不知道外面到底是曾幾何時，一陣急促的敲門聲把我從黑暗中強拽出來，我勉為其難的支起身子，緩緩走到門口，喀嚓一聲，迎面而來的是亮到刺眼的陽光，以及，一臉擔憂的母親。

「你怎麼了？為什麼不接電話？」

「你公司打來家裡說你都沒去上班，怎麼了？」

「你的朋友說打你的手機都聯絡不到你，怎麼了？」

看著從南部趕上來的母親不停碎唸著，雖然覺得厭煩，但眼淚不知為何，卻簌簌直落地。

母親見狀先是驚愣了一下，隨即又將我擁入懷中。

頓時覺得自己好像回到了小時候，在母親懷裡感受到的安全感，漸漸撫平了我心中的不安與恐懼。

不知是獲得了解放亦或是救贖，我放鬆的沉沉昏睡過去。

當我再次醒來時，母親拿著桌上的醫檢報告，不安的坐在我的床邊。

母親的臉上十分平靜，但紅了的眼眶也隱瞞不了她哭過的事實，我們在短暫的沉默中，觀察著彼此的內心變化。

「我們一起去做化療吧！」母親打破沉默向我說著......

　　我卻搖了搖頭，我擔心我負擔不起龐大的醫藥費，我擔心我承受不了化療的副作用，我擔心我再也見不到明日的美好。

　　許多的擔憂與害怕，讓我裹足不前。

　　母親僅抱住我，「傻孩子……」這些都不是你該擔心的事情，你只需擔心你是否有盡力做到。

　　即便生命燃到了盡頭，在過程中有過掙扎、有過努力，也不愧對此生。

　　面對母親的恍然大悟，我擒著淚水回問道。

　　「如果我走了……那你呢？」

　　看著母親忍著淚水的模樣，我的心頓時揪成了一團。

　　母親則是笑著回道。

　　「不用擔心我，我還有你爸照顧呢！」

　　看著母親比我還要勇敢的去面對，我心中漸漸燃起了對生命的執著。

　　「我會陪著你一起面對的。」

　　聽見母親這番承諾，我哭著答應著母親接受療程。

經過數月的化療，即便我掉光了頭髮，家人也不離不棄。

即便我身子瘦得不成人形，友人也時常到訪關心、鼓勵。

這些真情實意的支持，是讓我面對一次又一次痛苦化療的原動力。

有日，不知哪來的勇氣，我趁著無人的時候，執筆寫下遺書。

寫下許多已放下的執念，寫下許多該交待的未盡之事，寫下許多的感恩與感謝，寫下......

「在生命的盡頭有你們的陪伴......真好！」

我輕輕將它裝封，藏在抽屜的深處。

我的心頓時獲得了前所未有的平靜。

/真情流露/

死神的微笑

文：汶莎

　　一席黑袍飄忽地來到床頭，舉著鐮刀的右手刷地往我的右肩砍去，我顫了一下，瞬間覺得身體變得好輕盈。

　　睜開受到驚嚇的雙眼，看著病床上已闔上雙眼的自己，一隻白得滲人的骨手搭上我的肩，幽幽地說著：「你已經死了。」

　　我猛的回頭一看，空洞的眼神，慘白的頭骨，闇黑的長袍，原來死神真的存在。

　　收起驚訝不已的心，止不住顫掉的雙手，懷抱在胸前，默默的接受自己已死的現實。

　　死神空洞的眼神映照著我的不安，祂從懷裡拿出一盞蠟蠋，我從蠋火中看見了自己的過往，也看到了我錯失多次的愛。

　　溫暖的蠋光緩和了我內心的恐懼，我盯著搖曳的火光，意識漸漸地墜入我 20 歲那年。

　　第一次交女友的悸動，第一次接吻時的甜蜜，第一次相擁著的溫暖，曾幾何時的愛戀卻因為一件小事而分崩離析。

　　都怪我，把他對我的好視為理所當然，是我不好好珍惜，才會失去他。

　　直至 30 歲那年，歷經過無數次的愛戀，才真正明白我的愚蠢。

　　搖曳的燭光又將我帶到 35 歲那年，在我面對了自己的愚蠢後，上天憐憫了我，讓我遇見了願意與我長相廝守的另一半。

　　新婚那時的我們過的如此幸福，但在有了孩子之後一切都變了調；工作的壓力逼得我喘不過去，家庭的經濟壓得我難以呼吸，孩子的哭鬧吵得我思緒煩亂。

　　我的脾氣一日漸一日地差，面對我的胡亂發火，溫柔的妻子總是包容著我。

　　直到她倒下不再醒來的那日，我才驚覺自己又得意忘形了。

　　我向死神懺悔著自己的愚蠢，真心想向妻子贖罪，但死神卻搖了搖頭；「一切都太遲了……」在我閉上眼陷入懊悔的自責情緒中，燭火照亮了前方的景象，是的，我為我的愚蠢付出了代價。

少了妻子的人生，由我獨力將孩子扶養長大，直至孩子獨走後，肝癌帶走了我往後的人生。

我躺在安寧病房內，接受化療的洗禮。

每寸髮絲的掉落，都告訴著我的生命即將到頭。

或許是妻子遺留的溫柔，讓我的餘生有孩子的照顧與陪伴，不至於受到痛苦與孤寂的折磨。

當一陣睡意襲來，我看著自己是帶著微笑闔上雙眼時，我獲得了安然。

死神吹熄了燭火，示意著該與這個世界告別了。

雖然內心仍捨不得放下孩子一個人，但死神拍拍我的肩膀：「不用擔心他，他比你聰明多了……」

不知為何，我的嘴角漾起一抹微笑，便隨著死神前往彼世。

死神說的沒錯，我的兒子的確比我聰明得多，或許是遺傳了母親的溫柔懂事，總是能處處為他人著想。

回顧自己的人生，覺得自己太不懂得「愛」為何物，總是等到失去之後才會懂得珍惜。

在彼世的路上，捧著孟婆熬煮的濃湯，隨著死神的微笑一飲而下。

希望下一段的人生不要過得太愚蠢。

真心

文：765334

年輕的時候，我不懂愛情。

只要有人靠近，就交出我的全心全意。

以至於每一次的受傷，都是傷到骨子裡的傷痕累累。

但那些傷痛，卻無法提醒我要更加的小心注意。

總以為，你愛我，你就會全心全意的專注於我。

直到，我發現那些醜陋的時間軌跡。

你很好，因為，你沒有對我撒謊。

但是，你也沒有懊悔過你的過錯。

明明犯錯的是你，但是痛哭流涕的，卻是我。

原來，這樣就是真愛。

我懇求你將我留下，卻怎麼樣，都得不到你的一點憐憫。

她有什麼好。

你說不上來。

我有哪裡不好。

你也答不出來。

我不能接受你的三心二意。

卻放不下對你的真情真意。

心痛，是你給我的。

所以我珍惜。

因為那樣的痛，提醒了我，我有多麼愛你。

我的一片真心，在你面前表露無遺。

我不懂，你為何，不將它給輕輕拾起。

曾經的開心快樂，你是否已經忘記。

曾經愛你的那個我，她去了哪裡。

我川流不息的眼淚，滴在了你的手掌心。

你是否感到刺痛與灼熱。

我想，一定是因為太滾燙，所以你才不將它給緊握。

當旁人都勸我，不要再如此求全委屈。

那樣的難堪，竟然讓我立刻怒火中燒。

我是想求全，但是，我並不委屈。

只要你繼續留在我身邊，這一切，怎麼會是委屈。

也許我很傻，也很笨。

但其實，我只是，抵抗不了自己真心的誘惑。

本來以為，繼續忍受你和她之間的聯繫，是我最後的底線。

直到後來我才瞭解，原來人類的忍受程度，可以不斷的節節高升。

越是痛苦，我越是喜歡舔拭自己的傷口。

當眼淚的鹹，緩緩的流進傷痛，那樣椎心刺骨的感受。

我才覺得，我活著。

我不是行屍走肉。

而是太多的情感湧現在心頭，我處理不了，才會讓這樣的情緒衝撞，糾纏著我的每一個念頭。

看似平靜無波，內心何止是波濤洶湧。

你施捨給我的一點訊息，便能點亮我已經失去光亮的生活。

你穿梭在我和她之間。

我遊走在你和她之間。

而她，安然獨立於我們兩人之間。

我羨慕她，活得如此安逸又快樂。

我和她，是如此的相同卻又不同。

相同的是，我們都打開真心在你面前。

不同的是，你的真情，付出給了她多一些。

我不怕槍林彈雨的流言蜚語。

我選擇繼續在你身邊守護著你。

因為——

我無法收回，對你的洶湧感情。

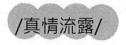
/真情流露/

想你

文：765334

/真情流露/

總是在夜深人靜的時候，想起你。

不對，應該說，隨時隨地，都會讓我想起你。

三年前，當我們相遇，我喜極而泣。

同樣是三年前，當你離開我，我嚎啕大哭。

眼淚真是個神奇的東西。

怎麼開心的時候會出現，不開心的時候，也會出現。

我們盼了好久，終於盼到你的到來。

和你相處的分分秒秒，都讓我幸福到無法自拔。

我開始慢慢的規劃，未來和你一起生活的點點滴滴。

我開始期待，你會是男孩，還是女孩。

我開始想像，你的五官長相。

我開始揣測，你的星座會落在哪裡。

我開始模擬，未來所謂一家三口的模樣。

對你的殷殷期盼，已經超越了我所有生活。

似乎，我們接下來的人生，都只為你而活。

　　這樣超過 100 分滿分的喜悅，支撐著我們生活的日日夜夜。

　　當醫生告訴我們，你似乎拒絕長大。

　　我在心裡面告訴自己，你只是還在適應這個環境。

　　一次次的回診、一次次的打針，再多的藥丸，我都全盤接受。

　　只要你平安健康，要我做什麼都可以。

　　耍廢躺遍床鋪的日子，每一天，都是提心吊膽。

　　因為隨時隨地，都害怕著你的情況。

　　直到最後的最後，醫生正式宣告。

　　你，不再願意繼續成長。

　　為了你好。

　　我們，只能選擇放手。

　　那一天晚上，飄著毛毛細雨。

　　路燈被籠罩得好朦朧。

　　為了躲雨，我輕輕的戴起外套的帽子。

他在我身旁，緊握著我的手，告訴我：沒關係，還有我。

咬著牙，還是抵擋不住眼淚的衝動。

就這樣，我一路哭著回家。

沒有聲音。

沒有動靜。

只有眼淚不停的落下。

那天，真的是，好難熬、好難熬的一個晚上。

放眼所及，所有與你有關的一切，瞬間都變成了最刺眼的存在。

我又開始了另外一趟，躺床的煎熬。

這一次，我關掉電視、放下手機。

因為我想，斷絕與外界的所有聯繫。

我不需要別人來關心我。

我也不需要別人來同情我。

因為，我真的不想再去跟他們解釋那麼多。

當下的苦痛與難過，我自己一個人默默渡過即可。

花了好多時間，我還是走不出那樣的陰影及痛苦。

直到某一天，我看到電視節目說。

像你這樣的離開方式，是因為，你尚未做好準備。

所以你的靈魂，決定要離開。

那一刻，我的雙肩如釋重負。

原來，我的內心，始終在責備自己，沒有好好的保護你。

現在的我知道，總有一天，我們會再相逢。

不論我們的再次見面，會是什麼樣的場景方式。

我一定會，第一眼就認出你。

/真情流露/

感動

文：765334

不知道為什麼，年紀越增長，越容易被輕易的感動。

明明是一部驚悚片，卻看得我淚流滿面。

當處於少女時期的女主角說出：「可是我好累。」接著，痛哭失聲。

我也跟著她，哭到眼淚、鼻涕直流。

原生家庭的不圓滿、經濟的壓力，全部都重重的疊在她身上。

一直以來的忍耐，只是不想讓自己失去活下去的動力。

當臨界點到來，不用駱駝的一根稻草，自己就會被自己給壓垮。

人生本來就充滿著各種的不公平。

打從我們一出生，每個人就都已經位在不同的起跑點。

有些人坐擁金山銀山，一輩子都吃不完。

有些人兩袖皆空，連最基本的溫飽都是問題。

如果真的有輪迴，會不會就是輪迴所導致。

但是，人是活的，道理是死的。

人定勝天。

雖然不會是真理，卻有它存在的理由。

如果沒有走過陰暗的幽谷，真的不會知道何謂天堂。

有個遮風避雨的屋簷、有個懂我的另一半。

對我來說，這已經是全世界。

曾經的痛苦，雖然還是看得見傷痕。

但是已經在慢慢的退卻。

正因為有過紛紛擾擾的生活，現在這樣的平平淡淡，必須萬分珍惜。

其實我們需要的，真的不多。

衣食無虞，真的，就夠。

坐在我身旁的他，淺淺的問我，怎麼哭了。

看著他疑惑的臉龐，我的心中，卻突然千頭萬緒、糾纏萬分。

這讓我的眼淚，潰堤的更加嚴重。

我也不曉得，為何自己會突然如此失控。

只是——

看著眼前的他，想到自己現在擁有的幸福。

我覺得，快樂極了。

是他給了我，這樣幸福的溫暖。

從小，我就渴望的。

家的模樣。

沒有金碧輝煌的裝潢。

就是一間小小的窩，卻裝滿了我們最歡樂的微笑。

沒有滿漢全席的豐富。

只是一張餐桌、四張椅子，卻足夠我們坐在那裡，細細品味這生活的美好。

謝謝他，讓我學會卸下肩頭的重擔，開始過屬於自己的生活。

謝謝他，讓我知道，我並沒有和別人不一樣，只是我的家庭比較特別。

　　謝謝他，在我情緒無法把持時，靜靜的陪在一旁，等我沉澱。

　　始終沒有好好的說出對他的感謝，卻在這樣眼淚鼻水直流的時候，話也說不清的向他道謝。

　　這一股波濤洶湧的情緒，噎住了我的呼吸。

　　但是我卻感到好快樂。

　　一部將近兩個小時的電影，我卻被那短短的幾分鐘，煽動了我好大的情緒。

　　也許，是移情作用影響。

　　也許，是因為現在活得很幸福。

　　所以，熱切的翻騰著感動。

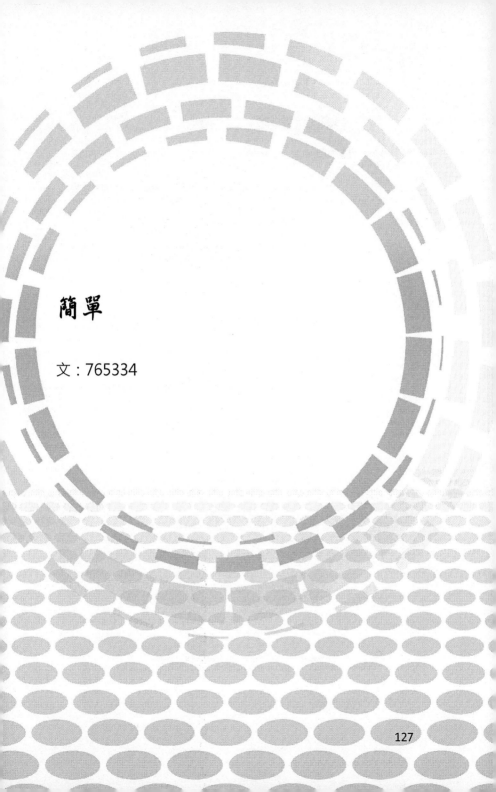

簡單

文：765334

　　隔周性質的居家辦公，自主性的軟禁了自己一整周，又再隔一整周。

　　關在家中一個禮拜之後，當再度出門上班，才覺得，自己似乎又與世界接上了聯絡。

　　雖然窩在家裡，手機及電視總會強迫自己接收各式各樣的訊息。

　　但是，那些映入眼簾的畫面，看似熟悉，卻又好陌生。

　　想不到，以前習以為常的搭公車，在久違的出門上班之後，卻變成了一種奢侈的小旅行。

　　40 分鐘的路程，卻有如搭上長途巴士去環島。

　　上下車的旅客、稍縱即逝的窗外景色、刺耳的下車鈴響，一切都變得好新鮮、好栩栩如生。

　　以往總是從上車開始，就一路睡到目的地。

　　現在，卻捨不得閉上雙眼，只想好好的再多看一眼這個世界。

　　早晨八點鐘，以往最討厭的艷陽高照。

現在，也不再打傘。

沐浴在晨光中，豪邁地讓陽光好好的，從頭到腳照射一遍。

不再懼怕曬黑，不再擔心臉上會長出黑斑。

只想消除窩在家裡長出的霉味，讓高溫順便一起趕走身上的細菌。

不再閃躲陽光，而是去找尋光亮。

讓真的是熱情如火的太陽，一點一滴，打在身上。

等在紅燈前，人們自動自發的站出最安全的美麗距離。

原本總是人擠人的十字路口，不需要任何人的提醒，大家不再是互相追逐的棋子，而變成是規規矩矩散落在棋盤上的小兵。

睽違一個禮拜未見的同事，隔著口罩，看不見笑容，卻能在彼此眼中，看見溫暖的笑意。

在交互對談中，才慢慢地覺得自己，似乎找回了，那麼一點點活著的味道。

明明不是工作狂的我們，竟然會因為這樣的相逢而開心不已。

或許，只是因為我們都確認了，彼此都安好。

就是，這麼簡單而已。

想見的人，不再是，想見就見。

尤其是，最親愛的家人們。

發出去的一封封訊息，雖然內容乏善可陳，只是一些無聊的家常閒話。

但我想確認的。

只是你們一個個，都安好無恙。

這個大環境給人類的重大考驗，艱辛無比。

卻也讓我察覺到，原來「簡單」，是那麼得來不易的事情。

簡單的跟家人吃個飯、母親簡單的幫我備個午餐、下樓去幫父親買杯簡單的冰美式。

這些簡單的事，都不再簡單。

越是無法做這些事，也越讓我知道，我有多麼想念他們。

想念晚餐過後，大家一起聚在沙發上談天說笑的溫度。

想念端午節，吃完粽子之後幫忙拜地基主的香煙裊繞。

想念周末癱軟在沙發上，母親總是為我準備好的炸雞排。

想念星期五晚上，宵夜配上一部好電影。

這些和家人們最簡單的事。

真的，都不再簡單。

這樣一周隔一周的軟禁生活，幾乎沒有自由可言。

確實，痛苦難耐。

但是，我會耐心等待。

等到——

我可以盡情擁抱家人們的那一天到來。

出乎意料之外

文：765334

我們總說，人生，不過就是生、老、病、死。

只不過，當我們真正在經歷人生這件事的時候，才發現，並不是每一個人，都是走過生、老、病、死這四個階段。

同事的先生，躺在病床上，將近兩年。

這兩年來，她不停的在公司跟醫院來回奔跑，大家看著心疼，卻也無法，多為她做點什麼。

某一天，她什麼都沒有告訴我們，就開始休起了長假。

但終究，有人的地方，就充斥著藏不住的祕密。

原來，她先生，已經辭世。

為了不驚動大家，她特意什麼都不說，什麼都不告訴我們。

以至於，我們都無法，去送她先生最後一程。

這是一個遺憾，一個很大的遺憾。

因為，我們都與她先生共事過。

他是個好人，也是位好長官。

就這樣無聲無息，默默地離開，似乎有點哀戚。

卻又，符合他一貫低調的個性。

那一天，在回家的路上。

看著車窗外的景色，看著行人來來去去，看著車潮川流不息。

突然間，難過了出來。

我如此習以為常的生活，會不會就在哪一天，發生什麼變化。

光是想到，如果有一天，我身邊的人發生什麼意外，我如何承受的起。

這個念頭，源源不絕的在那一趟車程中浮現。

怎麼想要揮走，都揮之不去。

越是想像，就越是惶恐不安。

回到家一看到先生，馬上衝上前去，擁抱他。

雖然他不知道發生了什麼事，還是回覆了我的擁抱，安撫我的心情。

當我情緒緩和下來之後，我向他訴說了自己的心境。

聽完之後，他笑著說，一切都很好、一切都沒事。

一直以來，都沒有想過，如果我們的人生，並不是生、老、病、死。

而是，省略了中間兩個階段，直接來到最後。

那會是什麼光景。

直到接連有同事及朋友出了狀況。

我才明瞭，「出乎意料之外」才是人生真實的樣貌。

有了這個想法之後，我決定，要好好地，愛家人、愛自己。

同事先生的離去，是一場哀傷至極的悲劇。

但是，卻扎扎實實的點醒了我。

愛，真的要及時。

如果不好意思說出口，那就用行動去做。

所以，我現在，不再阻止母親傳長輩貼圖給我。

甚至於，我學會，回傳更多的長輩貼圖給她。

我很珍惜，大家都還能在群組裡，互相開開玩笑，以及說說無聊的笑話、聊聊一天的工作。

我也更清楚的知道,我對他們的愛,有多深、有多重。

轉個念頭之後,

發現——

世間事無絕對。

全因自己的想法而使然。

/真情流露/

我的超人

文：765334

幾年前，一個看似不以為然的胃痛，卻在經過急診室的一連串檢查之後，被醫生診斷為闌尾炎。

也就是，我們俗話說的，盲腸炎。

聽到要馬上開刀的瞬間，驚嚇到腿軟的我，只能呆坐在輪椅上，無法起身。

而平時懶散的先生，卻在這種關鍵時刻，成為了神隊友。

已經無法思考的我，根本聽不進醫生跟護士向我解說的一切。

被安排在急診外科等待的我，換上了手術衣跟手術帽，等待即將到來的未知行程。

我所有的行囊，只用一個單薄的醫院塑膠袋裝著。

其餘的，什麼都沒有了。

躺在病床上，只有天花板光亮的燈管與我對看。

看著先生不停的進進出出，手裡拿著各種顏色的紙張，看他拿著很輕，但他臉上的表情，卻非常沉重。

每當我問起他，我能做些什麼。

他總是冷靜的回應我：「沒事，妳躺好。」

一個晚上的折騰之後，隔天一早七點鐘，

我被推進了手術室。

不知道過了多久，我在護士的呼喊聲中醒來。

在昏昏欲睡中，下腹部的疼痛感，卻非常之強烈。

這一場手術，從進手術室開始，直到先生再次見到我，總共歷經了五個小時。

先生對我的擔心，完全表現在他的表情及語氣上。

本來以為手術結束，我已經撐過最艱難的時刻。

殊不知，術後的休養，才是真正的天堂路登場。

就在手術的隔天，醫生便要求我，要下床行走。

聽到的當下，我簡直是五雷轟頂般的驚訝。

因為，即便已經打著自費無痛的點滴，我光是躺著，那痛楚還是存在的很清晰。

光是想像要把雙腳放到地上，都很困難，更何況，還要放到地上之後，再行走。

但是，醫囑有如聖旨。

忍著巨大的痛楚，我還是強迫自己，必需下床走路。

而就在我的腳底板，踏上久違的地面那一刻。

我驚覺，我的生理期，竟然，同時間來報到。

所謂的屋漏偏逢連夜雨，還真的讓我給遇到了。

腹部的傷口，讓我無法彎腰，還只能擦澡。

那時，我的行動範圍，只有緩緩坐下，以及緩緩站起。

於是，在那段生理期期間，我只能，依靠先生幫我打理一切。

經歷的這一切，讓我深刻的體驗到：

病人，不論在心理及生理上，都脆弱無比。

因為，我們連逞強的力量及權利都沒有。

當時的我，突然想著。

我寧願先生照顧我，也不想讓我家人來看顧我。

原來～對先生的依賴，在不知不覺中，已經如此之深。

平時總是像個孩子，事事需要我照看的他。

　　卻能在我最需要人陪伴及照顧的時候，變身成為了我的超人。

/真情流露/

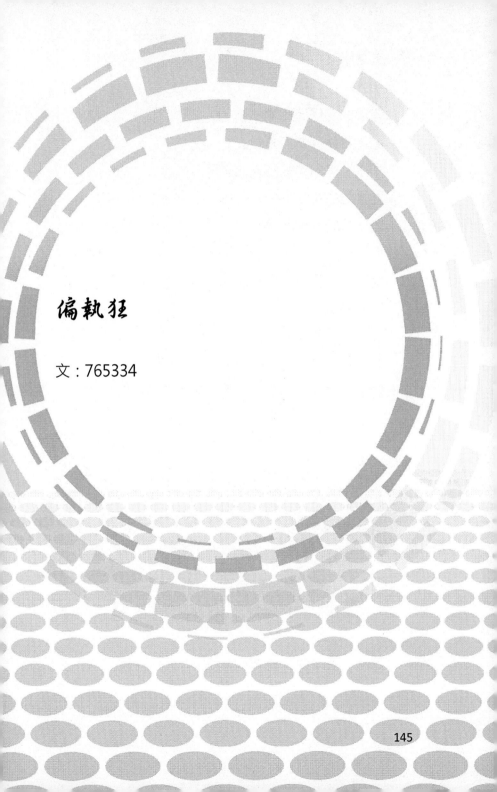

偏執狂

文：765334

年輕的時候談戀愛。

因為不懂得如何去愛人。

所以，有如偏執狂般的去愛。

監控他的生活、過濾他的朋友、掌握他的一切。

變態又狂妄的希望。

他所有的一切，都必需，專屬於我。

我以為，那是在乎、那是愛。

這樣的占有慾。

逼退了，我愛的你。

我知道，是我咎由自取。

想給出去的愛太多，卻不知道如何控制與收斂。

所以，那些已經超載的愛戀。

讓你無法喘息。

我真的以為，愛一個人，就是要愛他的全部、愛他的所有。

不論是好、是壞。

都要接受。

所以，才會在時間的輪迴中。

不斷地與你分分合合，卻始終，得不到一個結果。

而越是得不到，就越是想要。

這個人性的醜陋。

害慘了自己。

當你提出分手。

我的內心，猶如火山爆發。

但不知為何，我的腦袋卻告訴我。

我的外表，必需表現的冷若冰霜。

這樣的心灰意冷，怎麼會讓我更想將你給強留。

用盡所有辦法，只求你回頭。

你的冷漠，讓我不停的問。

為什麼你不再愛我。

那樣卑微的委曲求全。

讓周圍的友人，都不忍再多看一眼。

他們的勸說，都被我看成了同情。

不想輸的自尊心，讓我無法理解他們對我的疼惜。

你說出口的每一個分手理由，我都一一反駁，不肯接受。

我像發了瘋般的，歇斯底里。

就像是在黑夜裡，想要找尋一點點的光亮。

在快要窒息的時候，我真的忘了。

要怎麼呼吸。

因為，這一切。

怎麼會這樣真實、這樣疼痛。

我真的願意，付出所有，只為換你回頭。

在我的眼淚裡，你看不見我的傷心難過。

只看見——

我的失控與執著。

那樣的絕望，讓我的偏執，越發的猖狂。

我越是前進，你退得卻是更遠。

直到我發現她的存在，我才驚覺，自己輸得徹底。

原來，你不是不愛我。

而是，你愛她，比我還多。

我開始恨你，為何不一開始就告訴我。

你說，因為你對我還有一點依戀，所以捨不得放。

你的這般自私，怎麼還讓我，開心到瘋狂。

眷戀著那點依戀，是我繼續生活的動力。

即便流著眼淚，即便已經狼狽不堪。

沒關係。

我不在乎。

只要你的眼裡，還容得下，那麼一點點的我。

當你陪在她身邊，我多麼希望，能將你囚禁在我這裡邊。

把你軟禁在我的心裡、綑綁在我的腦海裡。一如往常的，用情緒勒索來銬住你。

你不再在乎我的感受、不再在意我的難過。

我像是一隻被放飛，擁有了自由，卻不肯高飛的小鳥。

只想待在你耳邊細語，提醒你，我們曾經恩愛的往常。

沒關係。

我可以等你。

永遠。

都在這裡等你。

回頭看我。

不期而遇

文：765334

得知妳離開的那個下午，雷聲轟隆隆。

我的眼淚，跟著窗外的雨，一起來到。

許久，都無法平復的情緒，讓我慌了陣腳。

從來沒有想過。

這一天，會來的如此之快，如此的毫無防備。

他們說，日子，是妳自己選的。

我遺憾。

為何，不讓我們好好的，向妳道別。

不辦任何儀式。

決定安眠在陽明山上。

簡單的花葬。

就連離開，妳都是那麼樣的瀟灑自在，卻又帶點浪漫。

或許，應該感恩。

妳還有機會，決定往後的寧靜。

只是，我們留下的人，實在是，過於傷心。

那一天。

得知一切皆已圓滿，晴空萬里。

天空藍的好開朗。

白雲白的好可愛。

一道長長的純白色飛機雲，劃過在我的面前。

我把對妳的思念，寄託在那一道飛機雲上。

希望它能將我的想念，輕輕地，放在那一束白色鮮花上。

原以為，事情終於告一段落。

殊不知，無法切斷的想念，正準備開始登場。

無論走到哪裡，都會想起妳。

擦身而過的公車、留著短髮的女孩、戴著眼鏡的少女、電視播放的節目、一首耳熟能詳的歌曲。

即便是迎面而來的微風，都是妳。

我們一起建立的回憶太多。

以至於現在，讓我難以消受，想著這些美好過去。

如今只剩我一人享受。

難受。

真的，非常難受。

好想再跟妳一起，因為一點小事而笑出聲音。

因為路邊的小貓而雀躍不已。

因為新上檔的戲劇而話題不斷。

因為討論旅遊行程而歡天喜地。

和妳一起度過好幾個春夏秋冬。

在接下來的日子裡，四季的轉換，

會不會真的沖淡妳的身影。

還需要幾個輾轉難眠的夜，可以不去想念妳。

一想到妳就紅了眼眶的瞬間，可不可以，不要再經歷。

世間所有的相遇，如果真的都是不期而遇，那是否，能讓我們，好好的安排別離。

妳的離去，提醒了我，面對生命，要勇敢。

面對生活，要無懼。

人生走一遭世間，或長或短，都是體驗。

有這麼多人，不捨妳的離去。

有這麼多人，在為妳而哭泣。

有這麼多人，在緬懷跟妳的過去。

是否——

這就是妳走過人間的證明。

期待。

當我們再次不期而遇的那一天，我們一起談笑風聲，恣意的放聲大笑。

那一天。

應該會是。

徐徐微風。

天朗氣清。

好酒撲鼻。

或許，再搭配著，三五好友。

/真情流露/

妳的勇敢

文：765334

/真情流露/

妳進安寧的那一天。

抬頭仰望，就要秋天，氣溫卻依舊很高。

天朗氣清的萬里無雲。

陽光很耀眼，刺痛了雙眼。

眼角有淚。

以為忍住不讓它流下，就不會感到傷心難過。

可是，卻在下一個轉角，

看見妳最愛的貓餐廳。

淚如雨下。

一直以為，做好了心理準備迎接這一天。

到頭來卻發現，根本沒辦法準備。

自從妳開始昏睡。

每一天、每一分、每一秒，都成了一種折騰。

沒有消息，就是好消息。

有任何一點風吹草動，都是另一種心痛。

一直想去探望妳。

但我們都知道，妳不想讓我們看見，妳的模樣。

因為病魔，最終還是將妳，折磨的不成人樣。

以為停止哀傷最好的方式，是想起過去的快樂。

但是，我卻連翻開回憶的勇氣都沒有。

妳曾經的光鮮亮麗、青春活力。

怎麼現在，都變成了，我感到痛苦的源頭。

這樣難過到就要窒息的想念，何時才有個盡頭。

當別人向我問起妳的狀況，都還沒開口，眼淚，已經搶先一步走在前頭。

也許正是因為，曾經有多快樂，現在也就有多傷痛。

病情的反反覆覆，讓我們始終相信，這一次，妳依舊能化險為夷。

殊不知，妳給了自己天大的勇氣，下定決心，要與大家永別。

我佩服妳的勇敢，也欽佩你的瀟灑。

但是，一直在妳身邊守護妳的我們。

該如何處理這樣低落的哀傷。

好想再聽妳說旅遊的趣事。

好想再跟妳聊美劇的精彩。

好想再跟妳說最近的生活。

這些簡單的好想，都已經遙不可及。

要我們如何面對，群組裡的妳，將不再發言。

回想我們最後一次見面，是一個開心的聚會。

幸好，是一段很美的回憶。

怎麼辦？

好想念妳的笑聲。

好想念妳會笑的眼睛。

好想念妳的一切。

可是我——

也好後悔，沒有多陪著妳一天。

也好後悔，沒有多跟妳約會。

好多的後悔，都已經沒有機會填補。

人們總說，時間會帶走一切。

那請問，這個時間，將會是多久。

妳是否知道，我們有多愛妳。

妳是否知道，我們有多想妳。

妳是否知道，我們有多捨不得妳。

相逢是偶然，別離是必然。

這是不變的定律。

但是這樣的別離方式，內心真的猶如千刀萬剮。

這樣說不出口的憂鬱，難熬。

這樣想到妳就難過的心情，難受。

這樣不想對妳放手的掙扎，難過。

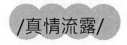
/真情流露/

敬老津貼

文：765334

/真情流露/

信箱裡，躺了一封信。

拿起一看，是父親今年滿 65 歲，重陽節敬老津貼的申請書。

輕盈的幾張紙，拿在手上。

卻很有重量。

那用生命的各種歷練寫下的申請書。

一張紙。

將近一輩子的人生。

怎麼，在不知不覺中，父親已經到了，使用敬老卡的年紀。

不禁回想……

在他漫長的六十幾年歲月裡頭，我陪伴了他幾年。

仔細去數。

還真的沒幾個年頭。

似乎只有孩童及學生時期，陪在他身邊。

　　其他所謂長大的日子，自己一個人在外生活，有風也有雨。

　　而一直願意等著我的，就是有父親、有母親的那個家。

　　結了婚，以為自己逃離了那個家。

　　卻又總是，在最無助、最需要援助的時刻，回到那個有父親、也有母親的家。

　　將信件拿給母親。

　　見她將老花眼鏡給戴起，只為了將那幾個大字給看個清楚。

　　母親，也在不知不覺中，多了好多銀髮。

　　在我們急著長大的時間裡，他們，經歷過什麼樣的生活、過著怎樣的日子。

　　似乎，我不曾留意。

　　因為──

　　我總是，專注於自己的生活、自己的日子。

　　直到這一天。

才驚覺，他們年齡的變化。

接過母親手中的信件。

默默地，將它收進包包裡。

也將這些年，我和他們之間，滅失的那麼多年。

一併收好，重新再來一遍。

一如往常的周末晚餐。

聽著父親說起工作的事。

才發現，他眉毛裡已長出銀髮。

聽著母親說著親戚的八卦。

才發現，她臉上的皺紋又多了許多道。

一股捨不得的炙熱，爬上了我的心頭。

在彼此都忙忙碌碌的日子裡，我們流失了多少親情。

物質生活的滿足，並不代表心靈的富裕。

平凡的一頓晚餐。

因為一封信件的觸動，多了許多的感動。

想多陪伴他們許多日子。

也希望，他們能讓我再陪伴更多的日子。

「很晚了，趕快回家了。」

母親的催促，並沒有讓我開始行動。

「這個芭樂切好了，他喜歡吃，帶回去。」

不止是我，母親連先生的喜好都一清二楚。

看著她忙著裝袋的背影，方才那一股灼熱，又爬上了眼眶。

「會很重嗎？要不要幫妳載回去？」

走路只要十分鐘路程的距離，他們依舊掛心。

護送著我到門口，仍然不忘問我：「天氣開始變冷了，下禮拜要不要吃薑母鴨？」

我點了點頭。

電梯門關上。

母親也將大門給關上。

日常生活的問候，竟然讓本來可以忍住的淚水，不聽話的流了下來。

原來伴著我們成長的代價，是他們的年華老去。

我們的青春歲月，住滿了許多感情的過客。

傷心難過、喜悅快樂。

也都稍縱即逝。

而他們的青春歲月，都奉獻給了我們這些小毛頭。

傷心難過、喜悅快樂。

他們都視如珍寶。

看著他們的老去，也開始思索著，未來的自己。

總有那麼一天，也會達到使用敬老卡的年紀。

屆時，如何安排人生、如何將生活排程。

都是，最困難的簡單問題。

國家圖書館出版品預行編目資料

真情流露 / 明士心、汶莎、765334　合著--初版--
臺中市：天空數位圖書　2022.01
面：14.8*21 公分
ISBN：978-986-5575-74-8（平裝）

863.5　　　　　　　　　　　　　　111000079

書　　　　名：真情流露
發　行　人：蔡秀美
出　版　者：天空數位圖書有限公司
作　　　者：明士心、汶莎、765334
編　　　審：亦臻有限公司
製 作 公 司：賢明有限公司
封 面 設 計：Jackie
美 工 設 計：設計組
版 面 編 輯：採編組
出 版 日 期：2022 年 01 月（初版）
銀 行 名 稱：合作金庫銀行南台中分行
銀 行 帳 戶：天空數位圖書有限公司
銀 行 帳 號：006-1070717811498
郵 政 帳 戶：天空數位圖書有限公司
劃 撥 帳 號：22670142
定　　　價：新台幣 320 元整
電子書發明專利第　I　306564　號　　　版權所有請勿仿製
※　如有缺頁、破損等請寄回更換

Family Sky

紙本書編輯印刷：
電子書編輯製作：
天空數位圖書公司　E-mail：familysky@familysky.com.tw　http://www.familysky.com.tw/
地址：40255台中市南區忠明南路787號30F國王大樓　Tel：04-22623893　Fax：04-22623863